For Emily, who walked the whole way with me
J. D.

For Julia, a friend of the heart
E. B. G.

First edition in Spanish 2021

Library of Congress Catalog Card Number pending
ISBN 978-0-7636-9035-9 (English hardcover)
ISBN 978-1-5362-1166-5 (English paperback)
ISBN 978-1-5362-1597-7 (Spanish hardcover)
ISBN 978-1-5362-1598-4 (Spanish paperback)

20 21 22 23 24 25 APS 10 9 8 7 6 5 4 3 2 1

Printed in Humen, Dongguan, China

This book was typeset in Berling.
The illustrations were done in ink, watercolor, letterpress, and digital collage.

Candlewick Press
99 Dover Street
Somerville, Massachusetts 02144

www.candlewick.com

VENTANAS

Julia Denos   ilustraciones de E. B. Goodale

traducción de Georgina Lázaro

CANDLEWICK PRESS

Al final del día, antes de que el vecindario se vaya a dormir,
puedes mirar desde tu ventana…

y ver más ventanitas iluminadas
como ojos en el crepúsculo,

parpadeando despiertos a medida
que las luces se encienden en el interior:
un barrio de faroles de papel.

Puedes salir a dar un paseo
hacia el anochecer.

Puede que te cruces con un gato

o con un mapache tempranero

tomando un baño
en cuadrados de luz amarilla.

Una ventana podría ser alta,
con las cortinas cerradas

o pequeña, con una
fiesta adentro.

Entre dos ventanas
podría haber un teléfono para
intercambiar buenas ideas.

Podría haber un abrazo

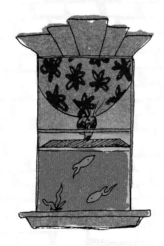

o un piano,

y alguien podría estar aprendiendo a bailar.

Otra ventana podría estar oscura
con una o dos plantas dormidas,

o tal vez iluminada y redonda
como la luna.

Algunas ventanas mostrarán una cena o la tele.

Otras estarán vacías
y te dejarán que las llenes
de historias.

Entonces llegas a casa otra vez
y miras hacia tu ventana desde afuera.
Alguien a quien amas te está saludando

y no puedes esperar para entrar.

Así que entras.